gabriel sanpêra

é poeta e nasceu no interior do Rio de Janeiro, na cidade de Barra Mansa, em 6 de setembro de 1997. Desde criança, se viu imerso nas palavras por conta de sua enorme criatividade, e da grande influência de sua bisavó Luiza de Andrade, que o criou. Escreveu, performou, desenhou e declamou em sua cidade. Aos 16, teve seu primeiro blog, "Versos e Outras Coisas", em que publicava seus escritos poéticos e textos sobre assuntos referentes à política. A questão racial veio à tona quando, no ambiente escolar, foi agredido por ser negro. Num período de busca pessoal, se encontrou com a ancestralidade no terreiro Nossa Senhora da Guia, em Volta Redonda, onde compreendeu a importância de ser negro, periférico e LGBT em espaços como a literatura, ocupados majoritariamente por brancos. E, então, este incômodo o levou a vestir o rótulo de escritor e a divulgar seus escritos na internet. Gabriel escreve sobre pessoas negras no ambiente cotidiano, com suas vivências e bagagens, corpos negros femininos, masculinos, LGBT e religiosos em diáspora. Para Gabriel, a escrita desempenha papel importante na luta contra opressões sociais na sociedade. Recentemente, Gabriel teve poesias selecionadas para a Antologia Internacional *Best "New" African Poets* (African Books Collective, 2017), no Zimbábue.

FORA DA CAFUA

gabriel sanpêra

inverno
[hemisfério sul]
editora Urutau
primeira edição
2018

O —

editora Urutau
rua adolpho arruda, 41
jardim das laranjeiras 12910 455
bragança paulista-sp
brasil américa do sul

Tel. [55] 11 94859 2426
contato@editoraurutau.com.br

www.editoraurutau.com.br

[editores]
ana elisa de arruda penteado • tiago fabris rendelli • wladimir vaz

[revisão] júlia monteiro

[diagramação] victor prado

dados internacionais de catalogação na publicação (CIP) de acordo com ISBD

sanpêra, gabriel
S192f fora da cafua / gabriel sanpêra —
bragança paulista-sp: editora urutau, 2018. 110 p.; 14x19,5 cm

ISBN: 978-85-7105-009-9

1. literatura brasileira. 2. poesia. 3. poema I. título.
CDD: 869.1
CDU: 821.134.3(81)-1

elaborado por vagner rodolfo da silva — CRB-8/9410

índice para catálogo sistemático:
1. literatura brasileira : poema 869.1
2. literatura : poesia, poemas 821.134.3(81)-1

sumário

Prefácio

Quando Gabriel Sanpêra entrou em contato conosco para escrevermos o prefácio de seu livro, ficamos muito surpresos. Que responsabilidade apresentar a obra de um jovem talento! Será que daremos conta da missão? Mas ao lermos os textos de *Fora da Cafua* sentimos que suas palavras nos mostrariam o caminho desse desafio.

Gabriel é um jovem do interior do Rio de Janeiro que fala com muita familiaridade da terra e com a terra. O barro, a lama e a sabedoria de Nanã guiam esses escritos por caminhos que remontam a nossa ancestralidade. Para uma criança preta, os horizontes parecem se fechar na próxima esquina. "O menino cresceu/ Vingou". E libertou palavras. Palavras pretas, periféricas, LGBTQI+. "Negro nasce sem esperar." O menino buscou seu caminho.

Isso fica explícito a cada **escrito marrom**, como o próprio autor bem define seus textos poéticos, livres de formas eurocêntricas de escrita, de rótulos e padrões que não dialogam com a nossa realidade e oralidade africana. Aqui, o idioma é o pretoguês de que tanto falava a saudosa Lélia Gonzalez. O pretoguês que nos transporta a um lugar de reconhecimento e afetividade, que remete ao falar de nossos ancestrais e que segue vivo nas periferias das cidades, reproduzido por nossos contemporâneos que ainda vivem às margens do sistema que nos acultura, voluntária ou compulsoriamente. Talvez por isso suas palavras, que fluem pelos textos de forma irregular, misteriosa e reveladora, tantas vezes nos tocam antes o espírito e só então o cérebro, aterrando-se na consciência. São **escritos marrons** para serem lidos de forma sinestésica, sentido o cheiro da terra, ouvindo o barulho do mar ou o cavalgar dos *cowboys*.

Para começar a ruptura com o padrão, *Fora da Cafua* foi todo escrito no celular. Não um *smartphone* de última geração e tela de 6 polegadas com teclado acoplado. Mas sim um celular comum, popular, de bolso, modelo típico de quem tem outras prioridades que não investir em lançamentos tecnológicos. Dá para imaginar? Um livro inteiro escrito pelo celular! Tal qual Conceição Evaristo, que escreveu muitos de seus poemas no verso de velhas cartilhas, e Carolina Maria de Jesus, que escrevia em papéis que catava para reciclagem, Gabriel não se deixou abater pela falta de condições ideais para expressar suas ideias. Seus **escritos marrons** ganharam vida a partir de um aparelho celular e, agora, ganham o mundo neste livro. Gabriel faz parte de um rol de escritores que vencem a adversidade e, "desvirando o que tava virado" e "virano o que tava desvirado", ocupam o seu espaço na literatura nacional.

Reconhecendo a grandeza deste momento em que temos mais um escritor negro eternizado pela publicação de sua obra, reverenciamos os escritos de Sanpêra que, neste livro, apresenta uma coletânea que vem da terra e do barro, com raízes entranhadas profundamente em sua ancestralidade, inspirado por uma força que se conecta com o que está dentro e reverbera em todo lugar de tal forma que, em certos escritos, nem há a preocupação em nomear o que sentimos saber: "Arco-íris é saiote de guerreiro" no seio da mata a colorir.

Nos escritos deste livro, a terra é elemento que dá liga. Sanpêra pauta a realidade daqueles cujos filhos são "analfabetos como nossos netos", daqueles que não trocam "a porrada toda em volta por uma possível felicidade limitada masculina" e daqueles que são "gente sem cep". Vivências pretas em suas múltiplas realidades e dimensões.

Todas as expressões entre aspas são citações que vocês terão o prazer de reconhecer durante a leitura da obra, fragmentos brilhantes desses escritos. Que prazer podermos presenciar e acompanhar a caminhada deste jovem talento. Que esses **escritos marrons** conversem com vocês, leitores, e com suas raízes.

— Quilombo Literário

Fora da Cafua

Café

Derrubei café em meus poros e logo me repeli, um cheiro enorme de café em meu corpo e as memórias não são sensitivas, não são um coletivo de emoções. São seis da manhã, e este cheiro de café tem seus grãos famosos por serem cheirosos, mas nada traz a mim a delícia do cheiro que me toca.

Este café, que ferve em meu sangue negro e transatlântico, mas não com a mesma intensidade de meu sangue, pois um mantém o negro de pé, já o outro é o fim da meada.

Este café, que debruçou pesado sobre as costas dos pretos, antes que chegasse ao casarão e virasse borra no fundo da porcelana.

Café, moer e ensacar. Movimentos repetitivos e a mão ganhando marcas ao longo de meu dia, suando líquido debaixo de Sol. Estas marcas não se tornaram mapas de volta ao quilombo que perdi. Tornaram-se memórias que, em minha mente, causam um turbilhão aterrorizante ao tom de um capoeirista interrompido, a voar com pernas sobre o ar.

Meus olhos encaram a mesa e, neste momento, sou contemplação, sou o ouro da nação e o café a passar sobre o pano na mão da negra que o faz para que seja apenas líquido na garganta das sinhás. E, ao passar o café, lembro de meus avós passados ao outro plano em uma tacada somente e sem identificação, nas areias das praias de nome desconhecido. Descartados à beira da praia sem direito a missa ou a rito de passagem, como estaca de madeira a ir embora n'água por descarte.

E, num gesto de angústia, olhei aos seus e imaginei que naquele momento eu era água e a junção dos sagrados, pedi à mãe de nossas cabeças que os recolhesse com respeito e os levasse para o berço de Mãe África.

Vejo o pó de café mergulhando-se em água e tornando-se logo o ouro dos elegantes a sua espera no salão.

Café com ingredientes de mortes, chibatas e desaparecimentos. Café extermínio. Café usurpação. Café com leite. Café negro de enxada na mão. O café moído grão por grão sobre as costas pretas no interior da senzala.

A sinhá, repleta de batatas na boca, repetia sempre os poderes que havia descoberto sobre o seu novo crioulo. Diziam que o mizerento era capaz de deixar sujeito acordado até o outro dia a cortar cana sem pestanejar.

E, pelas manhãs, um nome repetia-se na minha mente. Era café, sem pós, pois agora era líquido.

Café este que tem suas sacas todas levando nomes dos pretos, dos meus avós, dos meus pais e ancestrais. Olho para o interior da xícara de café e logo o marrom de sua cor me vem como sangue.

E sempre, junto ao café, não me esqueço do açúcar e das lágrimas derramadas no lado de lá, onde ficam os negros de canavial.

Café.

Pé no barro de Nanã

Geralmente não ligamos para o brejo,
humilde por sua própria natureza.
Resolvi parar por um instante no brejo sobre a madrugada.
Visualizei a sombra de uma senhora caminhando
lenta e certeira.
Ela pisa miúdo nos mistérios do brejo.
E os que fecham seu terceiro olho
são incapazes de perceber sua presença.

Ela pisa o barro do brejo com passos de apaixonada.
Seu pé entorna-se no barro levemente.
E, com seus pés, ela baila em caminhada
nos mistérios do brejo.
No brejo, o barro simplesmente é. O barro é.
Quem passar sem emoção próximo ao brejo
nunca verá esta senhora em atividade.

O mar e o rio têm encontros que a ciência inveja não ter.
E a luneta inveja.
E o cientista questiona.

Vejo a senhora misteriosa que continua ali no brejo,
e seus pés tomados pela lama.

Ora movediça
Ora repleta de saúde
Disseram.

Ela não diz seu nome.
Não sente em si vontade alguma de apresentação.
Cerimônia.
Olha, porém, sem perder o movimento
de embalo sobre os mistérios do barro.

Contaram do dia em que o homem se enganou
Interpretou como loucura os mistérios do barro
E correu afobado para o centro do brejo.

Sem música, o homem se foi sob a movediça.
O brejo, numa catada somente,
Suspirou o novo engolido.

E estas estórias se repassam nos dizeres das velhas senhoras.
O rio as recolhe
O mar as traz ao povo o teu
Que por descuido não sabemos tornar nosso.

E, nesse compasso, o mangue absorve.
Calado.
Sozinho no olho da cidade.

E quando o lodo resolve falar
Casas se vão

Pessoas se perdem
E a cidade se vê afogada.

A Senhora esperta continua sua investigação
no lodo em que faz casa.
E, nos mistérios do mangue, embala sua cria.
Sua cria não se vai no rio Nem dá contas ao mar.
Sua cria veio do barro, e, disseram, para o barro retornará.

Flores roxas ornando com o brejo.
A humanidade não compreende o brejo.
Diz que do barro surgiram um par de seres humanos
Que deram início à humanidade.
Se isto ocorreu,
A humanidade então toma pra si sua mãe Saluba.

E, quando a água parada do brejo se movimenta,
quase que raramente,
Impasses ocorrem.
Mariana
Adão
Eva
Rio Negro e Solimões.

E, no seio de Nanã, um ser do barro brotou.

Poluído alado

Março e a cidade cinza fumaça
E pessoas andando em um corre
Alimentando seus problemas urbanos de estimação.

Se eu fizer um miojo e te chamar pra rir à vontade na calçada
Vai sentir que é pouco?
Miojo com orégano e alguns tomates frescos.
Não sei tocar nenhum instrumento musical.
Mas aguarde, bato panelas como um metaleiro em fúria.
A cidade cansada e pessoas vazias.

Não sou terra à venda.
Não sou hectare disponível para tua posse.

Só comporto em mim os cavalos alados da minha liberdade.
E, se for pra que somente eu vá até seu paraíso,
Não me tenha a intenção amorosa.
Não sei amar sozinho.
Não sei me entregar como um garçom à mesa achatada
que é a relação amorosa.
Por você, vou a Taubaté.
Você, por mim, faz que vai.

E quando vê
Permanece inerte, e sempre.
Se eu vou
Meu sentimento se conduz até você.
E quando ocorre o contrário
Parece que uma muralha tem de se mover.
Não sou
Hectare livre para cavalgada.

Raio com Iansã

Meu corpo se misturou a um raio.
Esparramei-me lentamente por todo o céu cinza.
Bati palmas. Na cidade, ouviram-se estrondos.
Na cidade, nada de novo.
Uns com o brilho de Oxum,
e outros iluminados pelos raios de Iansã.
Um temporão passou.
Peguei carona em uma ventarola de Iansã.
E deixei de ser raio.
Fui plantado em um para-raio,
que me recolheu à terra firme, infelizmente.
Seriam os raios
As flores plantadas por ela em terra?
Boatos
Ao desabrochar, barulhos.

Volta de água, preto sem volta

Dei com as costas nos limites de um barco ao oceano.
Eu era um embrulho junto aos capturados
e seus fados cansados no navio de madeira.
Aguentei o balançar no entroncamento das voltas marítimas.
Quando as carcaças tombavam, temíamos que um irmão
com elas não voltasse das voltas do violento balançar.
Costas carimbando os pontos do navio.
Colunas faziam que iam quebrar e não quebravam.
Eu chorava rios profundos de lama barrenta.
Nossos avós com a cabeça dada às tábuas da construção.
E nossos orís judiados por mãos sujas e pesadas.
O banho de Sol e sal, que semeavam em nossas feridas para,
no outro dia, dar com a pele de cara com os raios cortantes
de Sol, sapecando nossos corpos.
Maldição, calor e maldição.
O pouco do muito de nós retirado da terra mãe
E chegando na costa.
Sobras se erguendo ao sequestro.
Os que resistiam à viagem infernal se erguiam do meio
dos ensanguentados corpos mortos de nossos irmãos.
Nossos orís, pegos em mãos sujas, pesadas.

Palmares podados nos quintais de nossas minúsculas ilusões.

Que tudo aqui acabasse.
E que um vento de Oyá nos levasse
de volta para nossos tribais.

Holofote

Faço diariamente descida e subida do morro,
interpretando sujeito seguro.
Vai que a mira me mira neste momento
Vai que a mira me mirou e nem percebi,
ocupado correndo para o turno árduo do trabalho
Sendo gladiado pelo desespero do trânsito
e da dança sem compromisso do horário de ônibus.
Eu desço pro trabalho e já sei.
Do alto, uma mira observando minha ida,
e embaixo a mira com os homens de preto no carro.
Estrondos de noite brindando minha chegada,
mais um dia de trabalho.
Os estrondos pipocando na rua
e pessoas seguindo sua rotina.
Quem mora aqui
Escuta nascimento de bala, tipo pássaro acordando.
Desço às sete e meia.
Mais um dia de trabalho.
O capacete é o meu crânio de carne e osso.
A armadura, Senhor do Bonfim e uma 3x4 da velha
que carrego no bolso esquerdo no corpo. Ao lado do coração.
No mercado, é quebrou, pagou.
E, nas quebradas, quem não paga é quebrado.

No dia seguinte, o glamour da fama,
nome inteiro e local de sepultamento citados na rádio
em área nacional.
Embrulha pai, mãe, filha. Eu também sou da família,
também vão me embrulhar.

Seu Jorge zero hora

Às quatro horas da manhã, Seu Jorge já levanta
pra afirmar sua caminhada.
Noite e dia forjando ferro na fábrica, e o corpo resistente
como um escudo às altas temperaturas,
às toneladas e aos perigos da fábrica.
Seu Jorge quem ensinou os companheiros
a manipular o gusa
Espírito de guerreiro.
Ele é zero hora Ele é hora extra
Ele é da terra do ferro.

Desce o morro na madrugada, e sua garrafa de café.
Lá vai ele fazer feitiço com metal e seus mistérios na fábrica.
No peito, a luz, e no bolso,
suas ferramentas para travar a luta durante o turno.
Ele não dorme em serviço.
Corre os olhos nas esquinas e estradas da fábrica à procura
de um companheiro que precise de ajuda.

E quando lhe chamam
Corre pampa como cavalo disposto a ajudar
E suas pernas parecem ter ferraduras
que lhe dão certeza e força de onde pisa.

Conquistou seu tesouro com seu pai

Preto operário e, agora, cego.
Dizia que ferro é feitiço da alquimia.
Duro e manipulável no seu nascimento e, com o tempo,
apenas a força e insistência o quebram.

Ele é guerreiro, e seu corpo tem o sal
e tom da maresia herdado de sua mãe.
E quando Seu Jorge tem o dom de descansar
Vai à praia
Saúda seus esforços.

Cada cavaleiro, uma espada
E cada cavaleiro, um cavalo a montar diariamente atrás
da suas emboscadas e batalha.
Todo mundo tem um pouco de Seu Jorge.
Todo mundo entoa sua espada
na hora em que o grito somente não basta.

Seu Jorge guerreiro.

Força Namíbia

Num giro que dou por essa terra
Ressuscito com um olhar a força Namíbia que reside
nos pés da África.

Que força é essa
Que ecoa no estalar das correntes se arrebentando? Namíbia!
Força que corre as dunas de areia desta terra e seu
sobrenome é trabalho.
E não é fácil ser chamado por trabalho.
A força que sustenta várias tarefas ao mesmo tempo
sem cansaço. Namíbia.

Força essa que Ogum investiu ao se aventurar na descoberta
do metal e sua engenharia. Namíbia.

Namíbia tá nas pretas senhoras que lutam a rotina dos dias
e as sextas rodam suas saias com flores e cores.
Namíbia é a energia que acorda todos os dias no negro.
Veio com ele de navio, atravessou o oceano e resistiu em
cantos, acorrentada na beira da praia.
Quem veio junto com ela foi o Rei de Oyó.
E que força carrega esse caboclo corredor mergulhado
no verde da mãe mata? Namíbia!

E que nome tem o cheiro forte de café que dá sustância ao
nagô velho para mapear nas estrelas o trajeto até o Ifá?
Namíbia!
E que cor têm esses braços que ergueram junto a tantos
braços a terra brasilis? Namíbia!
E que ritmo tem esse gingado maravilhoso escondido,
baixinho, que festa de nego é crime? Namíbia!

Um dia, essa força se espalhou por todo o mundo na mão de
uma preta rezadeira, que esfregou com mãos de magia
o segredo do mundo e soprou nas ventarolas.
Namíbia!

E quão lindo foi.
Essa força deu aparição na medicina da preta,
e deu força pra mãe que trouxe essa terra de gemido.
Mais um menino. Que também é filho de Santana.

II

Maria
Namíbia
Maria!

III

A preta rezadeira conta
um dia em uma senzala

a preta grávida da barriga grande firmou uma luz
preocupada de pranto e dor.
Contam que Pai Guiné apareceu
e lhe anunciou que ela traria a este zu mundo.
Exe un zunfio heroinu.
A preta brilhou os olhos.
Mãe sozinha
O rebento, resultado da noite com o sinhô cabra da peste.

O rebento veio ao mundo.
E recebeu a visita de três estrelas vindas de longe,
da terra do ouro.

O menino cresceu Vingou
E libertou os pretos com Dandara.
E foru embora zum preto tudo.
Pro Quilombo louvar Deus Nossasinhóra.

Ode à preta

Preta
Não sou ouro, não sou.
E também não prometo buscá-lo.
Sou trabalhador do inferno esverdeado.
Arroz-feijão no almoço-janta.
Dedo-chinelo no chinelo-dedo.
No frango, a farofa.
Na cabeça, o chapéu de palha.
Que eu não gosto de prosa com o Sol.

Nas costas, nenhum proveito.
Caroço
Arranhão
Marca

Enxada
Guardada no fundo de casa.
E o vocabulário de pacote de pão.
Preta. Sou nada.
Preta. Nem ao menos meu nome.
Não vi cara de sujeito meu pai.
E nem do espinho da flor do agreste
que me trouxe pra essa terra ferida.

Mas, pros outros, é Zé.
Zé de cá. Zé de lá.
Agora, sou o Zé das flores.
Estas, que trouxe frescas pra você.
Preta. Terra.
Outro dia já é domingo de novo.
Faço o feijão tropeiro e te sirvo num prato com gravura.
Você vai gostar.
Mas não vou fazer o feijão como faço para mim.
Para você, vou escolher o feijão devagar na toalha.
Grão por grão.
E enquanto não lhe acho
Fico babão sobre os grãos.

Miojo procê

Se eu fizer um miojo e te chamar pra rir à vontade na
calçada
Vai sentir que é pouco?
Miojo com orégano e alguns tomates frescos.
Não sei tocar nenhum instrumento musical.
Mas aguarde, bato panelas como um metaleiro em fúria.
A cidade cansada e pessoas vazias.

Permanece em mim o sentimento de não catalogado.
Não sou terra à venda, e cê sabe disso
A dimensão de terra e barro
que sou eu não tem dono terráqueo.
Veja bem, ingênuo terráqueo.
Só comporto em mim os cavalos alados da minha liberdade.
E, se for pra que somente eu vá até seu paraíso,
Não me tenha a intenção amorosa, se esta não ultrapassar
a vontade de consumo.
Não sei me entregar como um garçom à mesa achatada
que é a relação amorosa.
Por você, vou a Taubaté.
Você, por mim, faz que vai.
E quando vê
Permanece inerte, e sempre

Se eu vou
Meu sentimento se conduz até você.
E, quando ocorre o contrário,
Parece que uma muralha tem de se mover.
Não sou pedaço de chão para tua cavalgada, *cowboy*.

Mas, se eu fizer um miojo com orégano,
Vou merecer sua visita neste humilde passeio de calçada.
Talvez você apareça.
E, se ficar por mais tempo,
Divido histórias
Faço um café.

Alergia a camarão

Um sonho, receber sua presença
Sem que seja parte de um cardápio ensaiado.

Não mostre primeiro as delícias
o caldo, o caramelo.
Não mostre os sucos, o tempero e a cereja.

Estou sentado à mesa
e não é para lhe devorar.
Não necessita vir armado de habilidades, engenhocas.
Não necessita chegar dizendo o mistério da humanidade.

Apenas sente-se e delicie o passar dos minutos
com minha suave companhia preenchendo o cenário
com teu corpo personagem.

Não precisa demonstrar seus talentos.
Eles se perderão
Com o passar do delicioso tempo.

Nesta relação, entrarão os pratos indesejáveis,
e condimentos vencidos.

E se me propuser a estar junto na mesma mesa,
segurando sua mão,
Segure sua personalidade alquimista
e me passe o guardanapo.
Oculte seu currículo de vida e me passe outro guardanapo.
Diga se odeia camarão
Ou conte alguma estória de quase morte
com algum tempero de família.
Só não esqueça de, aqui, comigo, saborear
a possibilidade de quase algo.

Broto de março é mãe de Maio

Este texto foi feito para Cláudia Abel,
a nossa Mãe de Santo Célia Morais

I

Não me lembro, mas estava lá de corpo presente
no momento que atravessei dois mundos.
E uma feitiçaria ocorreu. Nasci.
Nasce quem tem a força feminina e intuitiva da mãe.

Minhas mães são belas como a divina deusa
da terra do cacau.

Minha mãe é majestosa por entre as espumas do mar
e traz conforto aos pescadores.
Tem, no caminhar, a personalidade incorporada do mar
à extensão de sua pele nagô.
Fica à espreita,
acompanhando meu engatinhar eterno na vida.
Pois quem nasce engatinha nos inícios, meios e fins.
E, quando sobe o desejo de sermos altivos, despencamos,
para que novamente voltemos a aprender a engatinhar.

Foi com ela que aprendi a pisar devagar, e sua areia me
ensinou que os que correm rápido devem ter persistência
sobre as barreiras que nos cansam.
Ela canta sobre a pedra esculpida em praia e terra.
E encanta os filhos.
E, assim, com ela aprendi a arriscar as primeiras palavras.
Ela quer os filhos nos braços e teve a sabedoria de lidar
com seu adotivo manco, filho curador.
E seu outro filho, um arco íris encarnado
e, em outros meses, uma cobra.
Tem sabedoria com a minha psicologia e entalhou
calmamente minha cabeça na arte do barro.
Ela é a doce princesa das águas salgadas
E do mar-mistério
Onde aprendi a velejar como cavalo marinho
nas espumas do mar.
E foi com ela e o marinheiro
Que aprendi a abrir as portas do mar. Aprendi a nadar.
Mas com ela não fui peixe, pois peixes são seus ajudadores.

II

E retomo a mim o entendimento do que é ser rebento
quando tornam a me chamar de filho.
E cato na memória o rastro humano ao qual inseri
um rótulo de ouro. Mãe.
E assim a chamo.
Mãe.
E ser mãe é já ter sido filha.

Mãe.
E mãe seria aquela que escolheu por erguer o rebento que,
por algum motivo, não se acha nos braços da mãe natal.
Mãe.

III

Minha mãe tem o segredo das cachoeiras
e caminha certeira nas matas de Odé.
E quem decifra a mata com fé encontra sua cachoeira
Amarela como a mina do ouro e reluzente ao tom do Sol
Repleta de segredos como a cascata e suas covas ocultas.
Sou filho e não piso em falso sobre a rocha escorregadia.
Com ela, aprendi que chorar não é fraqueza.
Suas lágrimas dão passagem entre as rochas para os segredos
da mina de ouro, onde somente não se perdem seus filhos,
que caminham com a paciência, sem tirar o pé da cascata.
Sou filho antes mesmo de atravessar seu útero materno.
Foi ela quem me embalou em um bolsão
de água no útero da mãe, para que eu ficasse seguro
antes de vir novamente a este mundo.
E, com sua magia, criou uma aliança entre mim e minha
progenitora. Ela esculpiu o cordão umbilical com cuidado,
para que ficasse guardado como um tesouro seu.
Mãe é ouro de Oxum.
Mãe não é embalagem. E também é selada
com o ouro da cachoeira neste tempo sagrado.

E fui com ela, me movimentando como a água,
fazendo curvas nas pedras de Xangô
que abraçam a cachoeira.
E cresci à beiro do rio onde foi batizado Senhor do Bonfim.

E, quando meu coração
se tornava um enorme Rio do Jordão,
Eu desaguava emocionado até que despencasse
no encontro do Rio Negro e Solimões.

IV

E como é retumbante o trovão que protege minha
caminhada. Sou cavalo do tempo.
Minha mãe brilha num instante
como um raio cavalgando alado, vadiante.
Com ela, aprendi a marcar meu destino sobre terra
com a certeza de um raio que não ocorresse
duas vezes no mesmo espaço.
Minha mãe criou o fogo e o deu de presente aos primeiros
filhos da humanidade.
Quando éramos continentes grudados.
Ela me deu o poder de pisar firme s
obre a terra e de selar minha caminhada.
Com ela, aprendi o sentido intenso da paixão
que pode queimar como fagulha sobre a estaca de pau.
Minha mãe brincou comigo com seus ventos,
empinando meu corpo como pipa.

V

O ser humano pesquisa ter vindo do barro.
Diz que ao barro retornará.
Deste mistério, tenho certeza que sou do barro de minha avó.
Que minha mãe foi gerada por minha avó.
E, ao envelhecer, esquecerei aos
poucos minhas milhões de histórias neste solo.
Não será por mal.
Minha avó vai me acariciar com suas mãos de algodão,
e levemente me entornará o esquecimento para que eu
desocupe minha cabeça e a prepare para ser
novamente um estranho a este mundo.
Minha fala ficará silenciada, e minha coluna tomará
a envergadura da prece
para que eu volte o relógio de minhas vidas novamente
e volte gritante.
Meus olhos se fecharão a este mundo e se abrirão novamente
Quando a mim for doada a energia de uma mãe.

Que me dará passagem a minha nova missão.
E iniciarei novamente após uma mãe.

Chique pra cacete

Chamou geral pro vinho no gourmet.

Chegou lá, o moço engravatado tocou músicas pra gente.
Disse que a próxima era especial pra gente.

Tinha que ser.
Primeiro gole na garrafa rosada
Um troço águado, sem açúcar, descendo a garganta.

O pessoal na mesa fazendo bico,
que é pra entender que o vinho era do quê.
E o moço começou a cantar.

Da boca do moço só saía música da fria.
Desci o morro todo bobo
Pra chegar no gourmet
Ouvir só canção falando de amor de apartamento
e neurose de amor de táxi.
Letra enorme falando de analista.

Chamei a Vera
Fomos no mercado

A Vera comprou frango
Rolou estrogonofe, que eu fiz.

Cheguei tipo rei com a batata palha na casa.
Disse
Bota Pagodinho, que eu abri o dois litros.

No seio da mata, a colorir

No seio da mata fechada
Corre um moço com o corpo dupla face.
Ele caminha como uma serpente por entre as árvores.

E ao correr
Segura firme em sua mão um arco-íris, pela baía da cauda.
E corre iluminando a extensão de terra com seu colorido.

Apaixonado pelos seus Rodeia a terra.
E o rastro que deixa de sua dança no alto do céu
É chamado de aliança de Deus com a Terra.

Um arco-íris e o mistério das sete cores.
Da mistura das cores, transborda o segredo universal.

Ele é um preto valente Guerreiro
Galopa no alto da serra com os seus.

Arco-íris é saiote de guerreiro
Arco-íris é portal para o segredo do mundo.

Ele corria nas épocas obscuras.

Estendia seu saiote sobre o Quilombo
E, logo, os pretos sabiam
Não estamos só
O arco-íris de um guerreiro
Corre nossas cabeças.

E, se a força das cores tem a agilidade de uma cobra,

No grito de início de dia,
Do preto madrugando a dor,
O clarão confuso de cores
Romperá as algemas de nossos irmãos.

Faroleiro

Acompanho a marcha fúnebre do faroleiro.
Ele promove diárias caravanas ao seu coração
E retorna de rosto ovalado
Do caminhar desacreditado.
E no bailado da batida misteriosa do coração
O meu bate na mesma velocidade do teu
E os nossos na mesma velocidade dos deles.

Toda esta batalha
É travada
Nos encontros de nossos rios imaginários e tensões.
E no final
Acordo babando, debruçado sobre bilhetes
que nunca lhe mostrarei.

Desalinhado herói no morro

Avistam minha sombra sem perfeitas linhas
no reboco do morro.
O Sol ilumina a xerox sombria do projeto humano
sobre a terra vermelha e seca.
Venho ao topo, quando falta o ar.
E a cidade, por ansiedade, resolve puxar o ar junto,
e não sobra
o resto de oxigênio, nem pra esperança de verde no quintal.
O reboco do morro tampa o vento vindo de longe.
Nele, há cimento e liga de barro,
Como o sanfoneiro, que tem o coração no meio do corpo,
mas sente com o dançar das lavadeiras.
Em seu coração, não atravessam
as fiações negativas da cidade.
Apenas os sentimentos da sanfona
e de seus dançantes.

Avistam minha sombra sobre o reboco do morro.
Pra ter sombra, tem que haver gente.
Árvore faz sombra, mas não tem a vivacidade
do desenho de uma sombra.
O reflexo da sombra sobre o reboco é egoísmo.

Para sua exibição,
O caminho do Sol teve de parar na imensidão do corpo.
Assobio para o meu cavalo de longe.
Cavalgo pelejando.
Já não dou minhas pernas aos *cowboys* da cidade.
Cavalgam com as pernas do povo.
E, no giro do galope,
Se vão.
Aqui, quem avista minha sombra sobre o reboco no morro,
Não entende.
Seca no Planeta Água?
Oh, gente.

Fui com a onda

Viajei firme em um enrolo de marés que me dava boas-vindas.
Encontrei na praia
Um tapete de espumas claras.
E devagar
Me aproximava
Lentamente, me tornava mar.

Mas dizer que sou o mar seria me resumir.
Dizer que sou o mar seria me traduzir.
Me animei
E, com as ondas, me tornei livre na areia.
Peguei carona em um cavalo-marinho.
E, lentamente, chacoalhava até retornar à areia.
Como mensagem de outro continente
Protegida pela garrafa.

Preto caboclo de marca

Eu tinha um amigo que veio de longe,
um amigo pouco conhecido.
Quando nos encontrávamos, me levava para os canaviais,
acendia uma vela e fazia com que eu desse de cara
com minha ancestralidade.
Ele tomou as rédeas,
E percebi que ele não brincou no que disse.
Me segurou pela bainha da blusa
e me levou de encontro à mata fechada.
Lá, eu era estrangeiro, e ele, o morador de tempos.
O garoto me encarou de cima até as pontas dos dedos.
Se aproximou, e isso me deu medo.
Retirou meu tênis de marca.
Disse que era mais emocionante pisar descalso
na mata. Obedeci.

Arrancou o boné torto da minha cabeça
e puxou um pano longo do bolso.
Logo estava eu, em meio à mata, com os pés pelados.
A cabeça, antes com o boné de aba reta,
agora tinha o couro encontrado
com a amarração de um turbante.

Eu me toquei, ele não era o único negro na mata.
Percebi que nunca fui estrangeiro.
Tive que despir a carapaça dos homens, "calças".
Após toda a ebulição de passado e terreiro,
Ele sumiu.
A vela apagou.
Só sobrou eu e a vela.
A vela que ele acendeu.

Marinheiro

Lá vem a saudade marejando no caminhar.
Vi mais de perto. Era o marinheiro a se aproximar.
Somente o marinheiro pode dar as costas sem prestar contas
ao mar. O intervalo de sua ida nunca se torna despedida.
Em suas roupas, respinga a água salgada do mar,
Lugar a que volta sempre em seguida de suas jornadas
sem muito tempo na terra firme.
Quando vi o homem humilde e seu semblante de saudade
Caminhando na orla da praia
Perguntei ao marinheiro como fazer para me equilibrar
sobre as marés da vida terrestre
Pois sei que nas cordas carregadas em suas costas,
entre o molhado e o encaracolado dos nós,
se escondem os segredos de se navegar a vida.
O marinheiro, ao avistar a terra,
não vê só a geografia a se aproximar.
Avista o rosto de quem ama na formosa terra à vista.
Rosto que o mar lhe traz em memória durante suas
navegações e desventuras.
O marinheiro canta e tem a lua de plateia.
E, quando o marinheiro canta, a sereia se emociona.
Junto dela, o marinheiro, que chora com o choro da sereia.

Marinheiro em terra firme caminha suavemente,
e seu balançar dá baile nos moradores da costa.
Se lá na costa, eles balangam com o teor do licor.
O marinheiro, na costa, vai embora a balangar
com o peso da cidade.
Quem se despede, o vê levar embora para o mar as âncoras
que nos prendem, insistentes.

O marinheiro volta ao leito salgado, e sua roupa clara.
E, novamente, o homem de mar retorna à casa.
E uma imagem se repete em sua mente.
A praia se afastando, os habitantes uns menores
que os outros a cada segundo.
A fumaça sobrepujando a vista formosa.

E, novamente, água.
Água e céu.
Sobram-se as marés.
Que serpenteiam
Serpenteiam
Serpenteavam nas terras de lá.

Peixe sem tabu

És um peixe desembestado
Em outra encarnação fostes um cavalo alado
Não me enganas
Pode ser que fostes um buda marciano
Guiando as outras humanidades para o escondido de um universo sem paredes nas quais se apoiar

A água em que nadas
É benzida
Infelizmente, fostes encontrada à beira de um oceano,
Conhecido como o misterioso cemitério das sereias
Que atraíam, para perto de si,
Os construídos homens, para em meio a pedregulhos desconstrui-los todos.

Um passado mal contado agora é refeito
A nova alma que habita seu espaçoso corpo
Encontrou sua missão
A alma desencontrada

Foi ao morro onde vivem os periféricos homens
Nesta terceira encarnação
És um taciturno feirante

Antes fostes rico e ostentava banquetes
Agora janta a quentinha com os heróis do ônibus apertado
Os pseudofavelados
Come cachorro-quente
E solta pipa, todo infantil
É uma alma bicha
Que agora, em nova missão,
banha o periférico com glitter e cola
E na periférica comunidade
Cidade disforme
Dá o salto e o leque
A bicha antes pão-com-ovo
Agora pão caro
Ouvi dizer que terão que te aguentar
Teu calcanhar não é fácil de se atropelar.

Amo um preto crespo dos cantos da Guiné

Aconteceu novamente, quando senti que não era parte da manada. O mesmo sentimento de não-pertencimento, atravessado por olhares e pela minha omissão.

Na colheita do café, escutava todos falando dos amores deixados no berço africano. Que (ela) tinha um sorriso largo como um pneu.

Que ele e (ela) se conheceram em uma umbigada lá dos cantos do seu Zé, já por essas terras café-com-leite.

Não tinha o que falar ou contar. E, se falasse, mcsmo entre irmãos, isso soaria estranho. Lembro de ter levado com a enxada em uma das mãos por ter sido pego pensando em um preto dos cantos da Guiné.

Observava-os com milhões de histórias sobre elas, e eu querendo apenas um espaço para dizer que ontem lembrei (dele).

E que minha tão sonhada liberdade do cativeiro se mistura à vontade de sumir em meio à mata fechada de mãos dadas com um tal nagô.

E desde a terra natal, meus olhos, lambidos pela catarata, viram...

Era pequeno borrão durante a captura
e uma mistura de correria, famílias se separando
e alguns pisoteados ao longo da estrada de barro.

Vi um borrão, era (ele) como pesca na rede, acorrentado
em direção ao barco do homem branco.

Eu não consegui nem ao menos dizer adeus.
Vi com meus olhos casais trocando olhares pela última vez.

No percurso, quem viveu foi quem não teve a sorte de ter o
corpo arremessado ao estômago do oceano.
O arrependimento já soava ao ritmo da chibata
em meus pensamentos.

Queria ter contado que não seria responsável pela continuidade da geração, mas que iria preservá-la, e que de mim não sairiam mais guerreiros valentes do nosso povo. Se pudesse, contaria que, em inúmeros combates com outros clãs, não cheguei ansioso por ver as jovens da Guiné.

Não tive a oportunidade de contar que sempre, ao voltar de inúmeros combates, defendi o nosso povo com a mesma força e dignidade de meus irmãos. Mas, ao voltar, queria ter certeza de que apenas um rosto estava lá, a me esperar.

(Ele), seu rosto redondo e macio que a paralisia não me impede de tocar no tempo de hoje

Liberdade sempre forjada. Se aqui somos açoitados, e nem a presença (dele) tenho ao menos próximo a mim em cativeiro. Assim como nós, tantos outros, escondidos hoje nos canaviais.

Tendo o corpo molhado em água benta e suas escolhas demarcadas por cruz.

Oxóssi nos proteja!

Minha matéria já é pó, e o canavial sugou minha alma junto a sua fartura em cada cesto de colheita.

Ao fim do dia, junto ao saldo de colheita, banzo! Medo e lamento das feridas do dia. E nenhuma notícia tenho (dele).

Ainda amo um preto alto dos cantos da Guiné. Talvez o castigo dessa terra se diminuísse com apenas um abraço.

Banzo!

As dúvidas criam calos. Penso se (ele) morreu no caminho para essas terras. Se sobreviveu, o nagô preto.

Não saberei.

Pedir notícias seria antecipar minha morte
em uma forca na praça pública.

Meu pai venha me valer. Sei que é homem de bem,
e não condenaria meu sorriso ao ver aquele preto.

Que, por pouco, me tornava um preto de sorte.

África em terra por lá, e África em sentimentos na terra
da princesinha insolente.

A sinhá me ensinou a escrever desse jeito bonito,
mas se pedisse minhas histórias

Condenaria ao chicote meu corpo negro.

No último fôlego de misericórdia, eu diria frente
aos porcos e aos inocentes
Que amei certo preto, dos cantos da Guiné.

Preto metendo marra de poeta olhando água no balde

Outro dia, enquanto viajava no reflexo do meu rosto
dentro do balde de água Pensei não só na água que
tem hora marcada para dar tchau

Lembrei que ontem um bebê preto novinho em folha
veio ao mundo.

Ontem, também, um vizinho morreu enquanto contava
para o amigo que sonhava em pôr o pé na faculdade.

Tum pá, o tiro sem licença na culatra.
Negro nasce sem esperar.

Outro dia, minha velha falou um bagulho poético.

Disse que preto já nasce com seu grito de guerra
e espada de Ogum nas mãozinhas.

Que é pra ouvirem

Ouvirem e saberem que na mesma semana
em que mais um de nós foi carimbado e selado de bala

Outro de nós nasceu bradando com a coragem e a fibra da
barriga que o guardou. Vai que decidem, do nada, apagar a
dona da barriga e o "embrulho dentro".

Lembrei de novo que o preto nasce sem esperar.
Pensei outra penca de coisa, mas desisti.

Melhor subir de novo pro barraco.

Tem corpo reclamando a sede da saborosa água e de seu toque amargo de barro.

Carvão para os manos da federal é enterro de negro fujão

Sol do catatau

Aqui, o carvão prostitui o nariz e invade todas as ferradas formas de respirar.

Não tem ar condicionado, o que tem é um vento sem vergonha que sai faceiro por trás do morro. Porém, nada além.

O vento é quente, mas pra quem frita em vida, o vento quente parece até arrebatamento.

A pele negra suja de graxa. As roupas com cor de ferrugem.

É toda essa desordem que meus olhos tão observando no momento.

Se pá, vai melhorar.

Carregar a pá hoje, para ser enterrado por ela com dignidade na cova do aterro.

Não tô tirando onda com a tua cara, tem maluco com a geração toda socada na vala do aterro.

Nem grama por cima tem, que era pra ir embora em paz, ao menos.

O corpo, enterrado na vala, amanhã vira terra de pilhas e pilhas de carvão.

E o endiabrado não para, não.

É carvão que não acaba esse ano.

Eu fico pensando uns lance de louco aqui.

Será que galera lá fora sente a existência de galera igual à gente em cada pacote vagabundo de carvão preto?

E não adianta ligar pra Federal.

Tamo aqui e o melhor pra hoje é essa lavagem mesmo.

Não adianta denunciar o patrão pros Fedêra, não.

Nós tem o conjunto perfeito.

Cama, comida e uns trocado no fim de dia.

Mano, eu falo por cada dedo ralado desse aqui.

Se eu tivesse lá fora

Já teriam arrumado algum motivo pra eu dar um rolê neurose no xadrez.

A preta na procissão, a enviada

A procissão se aproximou da beira praia.

Era a visão mais bela que um homem embebedado
poderia contemplar.

Os barcos repletos de coroas de flores,
e o barco central de azul claro
com a preta segurando a santa,
que para nós é a rainha do mar.

O bêbado estica os olhos embaçados para tentar enxergar,
os olhos se esticam, mas a visão continua embaralhada,
tudo rodando e torto.

O homem tenta se recompor, faz malabarismo com as
próprias pernas, recolhe um cajado achado no chão e vai,
mesmo mancando, ao encontro da enviada.

Ela, do lado de lá, enxerga um velho e seu cajado.
Ele, de cá, enxergando uma miragem,
como uma marcha nupcial ao seu encontro.

Até mesmo o olhar bagunçado, e o bêbado iludido
com os dedos banhados em areia.

A preta e a santa, o homem e o cajado, era tudo concreto,
não teria como colocar a culpa no mar
e dizer que era miragem.

O homem aproximou-se da procissão capengando em seu cajado. O corpo banhado em areia da praia, a barba mal cortada e o chapéu de palha espatifado na cabeça.
Resultado da luta com o chão para se erguer.

Ele tentou comunicar-se por gestos
com a preta vinda da procissão, acenou, balançou os braços.
Até caiu quando tentou acenar com seu cajado,
mas ela não deu importância,
estava mergulhada no universo da comemoração.

Não era por menos, era azul, era linda.

Um raio no café preto

A fumaça do café preto enbaraçanu meus zói

E acima da minha coroa o céu nervoso que só,
com um azul borrão e os raio com a força de uma boiada.

E de redor um vento atrapalharu tudo

Desvirano o que tava virado

Virano o que tava desvirado

E quando acontece esse casório de ventania cum raio a
igrejinha logo sapeca o sino que é pros nego véio
apressar o passo pra casa.

Oxalá meu pai, graça a Deus senhor eu tava no meu cantu
de janela com meu café preto e bengala de canto.

Tá com tu!

Ouvi um grito de erê vindo de longe, era um erê preto me
chamando pra soltar pipa no gramado.
Ignuranu a chuva de raio, erê corajoso.

O erê insitiu:

Tá com tu!

Tá com tu!

Bom, ieu tentei mexer os juei pra ir lá fingir de brincar com o erezinho. E fui eu bengalando até o gramado.

Ele empinando a pipa ieu brincando com o zói
correndo quintal com o zói
saltando os cercado com o zói
cavalgando com o zói

Só num consegui alcançá a pipa do erê com bengala porque tava pra mais de alta.
E o erê alado só queria brincar e saltava cada vez uma metragi maior.

E num é que um redemoinho tomou o quintal e o minuno preto sumiu? E pelo visto levou os raio junto.

Num sei o que era

Só sei que foi embora, revirou o ensopado e esfriou o meu café preto, danado.

E prá completá, surge a vontade dus inferno
de comer bala e doce.

Hihi

Soja e sangue

Nosso povo e suas foices afiadas em meio à população da soja.
Tratores em alta velocidade

Carroças abandonadas por seus cavalos, e nada se parecia
com o campo pleno.

Era tudo jogo de imagem, verde pra ambientalista ver e dar
confere na tabela.

Mas em nossos corações, açoites.

Na postura, o registro de nossas noites mal dormidas,
nossas colunas e escolioses se assemelhando a caminhos
repletos de curva.

As mãos calejadas.

No andar manco, marcas de um povo incompreendido.
Demarcação de terra, exploração.

Estaríamos caminhando a uma nociva dança com facas?

Bolsa de valores grita nos States, a vaca geme no *American*
Latinates. Nossos filhos?
Analfabetos, como nossos netos.

Não conhecem as escolas, a falta de postes no caminho não
garante a volta.

Não é culpa nossa.

Acham que o campo traduz o caráter de nossos corações.

A vestibulanda negra e o miojo

Com o tempo, café para insônia não faz mais efeito,
é tanta noite perdida à toa que ele chega a esconder sua
cafeína para enganar seu sono.

Através da minha janela, vejo uma vestibulanda.
Acordo, e ela está lá sobre os livros, durmo,
e ela está sobre os livros.

Um dia desses, deparei-me com uma cena.
A vestibulanda tentava comer miojo
enquanto estudava uma tabela repleta de símbolos.

Sua cabeça foi levemente tombando para a frente.
Aos poucos, despencando.

Um piscar de olho e "plaft",
a cabeça da estudante entrou em cheio
dentro da tigela de sopa, a coitada afundou a cabeça
no miojo e, por pouco, não se afogou.

Gritei a desconhecida da minha janela, e ela acordou,
olhou envergonhada e repleta de miojo no rosto.

Após o susto, buscou um prato de gelatina e,
pelo visto, tentaria novamente a proeza de se alimentar
e estudar ao mesmo tempo.

Não fiquei para observar essa nova judiação, o sono fazendo
graça e a garota dando corda.
Negra, pobre, apenas torço
que entre no tão sonhado curso de medicina.

Beira de praia fúnebre

a beira da praia
cruzes, estacas de pau
demarcando o povo preto embalado, pro mar levar

enterro de gente, só pra quem entende a reza
de frente para trás, de trás pra frente

sem cuidado, entocados à beira-mar
mal sabem
Iemanjá recolheu os corpos, cuidou de todos em suas ondas.

nossas praias, prováveis cemitérios ocultos
ouço as correntes se arrastando
ouço a pá e seu cavoucar pesado
sem missa nem vela
apenas o embrulho à beira-mar.

mal sabiam
Iemanjá recolheu os corpos, cuidou de todos em suas ondas.

O homi que paro no intistino do mar

Pois é meu nagô velho
Eu num sei se tu sabe, na verdade num sabe
Du dia em qui um homi foi engolido pelo má
Era um dia tristi, roubaru a image de São Jão
da Capela Du Município
Naquele dia, quem rezo rezo e o resto ficou sem a deixa di se entender com o homi que tá de cima das nossa cabeça.
E num é que acharu o sujeito
Na rádio falaru que o tal homi era moreo, cabelo liso, igualzim jesus cristin Sujeito ruim
Eu vi cus meus próprio zoio que a terra á de comer cum tempero di Dona Marcela
O homi tava com um embuio di pão na mão, tava abafado, quentô as canela e foi direto pra di perto du mar.
Entro na canoa e foi embora cum o nosso Jãozin.
Mas num durô muito, as água ficô agitada di mais da conta, e o homi se mijando todo na canoa.
Num deu três pulo
A canoa virou cum tudo na água
As comadre andam falando por aí que o mar castigô o homi por causa de tanta maldade, e falam que como castigo a

canoa afundô direto pro lado mais fundo du mar e ele nunca mais foi encontrado.
Os homi que joga baralho na praça falaro que o homi virô aquela pedra cascuda e que vai morrê duro nu fundo du mar.
E num é que encontraru o nosso santim?
Acharam o Joãozim boianu no mei du mar
Essa é a lenda, do dia que um homi virou pedra
e foi parar no intistino du mar.

Seropédica

O céu nunca foi tão abstrato
Tons de roxo, azul e laranja
Vai ver deus acordou ainda mais apaixonado

Motivado como meu sentimento pelo teu recíproco
Pelo teu rosto batata no meu
Pela tua testa russa na minha

Os ventos chacoalham os varais em Seropédica.
Uma guerra natural e saída
As folhas órfãs, sem sua árvore-mãe
Juntas trazem o aroma da roupa a secar

E os galhos com seus barulhos
Lembram-me dos teus afincos
Teus arranhões no lençol
A personalidade feroz que tem voz na cama

O Girassol que guardas entre as pernas
Esse, só se inclina a quem quer
É flor e faz jus à própria arquitetura
Ora murcha, ora cresce

Depende do beija-flor
Que devagar lhe chupa

As gramas da cidade rural
Nos afastam do imperial inferno
Ele que tanto industrial se torna

Que por maldade
Encarece o facilitador desse contato
Um velho ônibus de estrada Dutra

Por bondade nos juntou
Mas há de tentar nos separar
Tentar nos atarefar
Tentar nos iludir, nos nomeando como
amantes egoístas do próprio trabalho

Mas sabemos Suamos para comer
Suamos para dormir
Suamos para vestir
Suamos para a triste ascensão do local em que vivemos

Se chorei
Foi por saudade ou banzo
O resto era fome

Nesse roxo céu
Uva como tu
Que és meu vinho

Que és um milharal cor de ouro
És um trator desembestado
Desobediente

E tentas tão falsamente ser Curumim
Que é lindo e não nega seu amazônico quintal
Não como tu que negas o garfo da colheita
Que negas a doce espiga

Devo eu projetar em ti a felicidade de um roxo céu?
Um fazendeiro e seu amor
Pelo *cowboy* que pensa ser índio pra agradar a família
americana
Fazendeiro ama *cowboy*
Cowboy beija fazendeiro
Na margem dos quarteirões de trigo
Fazendeiro amava *cowboy*
Mesmo fingindo amar madame

Houve um beijo
Mas este não selou
Foi interrompido pelo lindo nascimento da bezerra
desmamada.

Pão de queijo

Não gosto de pão de queijo
mas sua paixão em preparar este invento dá sabor ao olhar.
Acho duro o teu pão de queijo
mas seus olhos servindo-o carregam sensibilidade.

Acho sem gosto o teu pão de queijo
mas ele proporciona ao meu sujeito a tua
companhia para o café.
Acho sem elasticidade seu pão de queijo
mas tua personalidade é esparramada, tipo a massa orgânica
do pão de queijo antes do forno.

Acho sem ponto o seu pão de queijo
mas o pão de queijo é instantâneo
o pão de queijo dura pouco, ao contrário de nossa liga
o pão de queijo é pretexto.

Peço o pão de queijo
e, com ele, ganho a
companhia repleta de sabor
tempero
e compatível ao meu gosto.

Esqueça o pão de queijo
Deixe queimar este troço
Aceita que é melhor o embrulhado da padaria
E que sua vó não virá de longe para estrelar neste forno.

Esquece o pão de queijo
não gosto de pão de queijo
depois faço um café e tá tudo certo.

Mano do céu

mano do céu
parece jogo de tiro ao alvo cá na terra

a irmã mais velha quando irrita com a mais nova
já é certo que aqui vai cair trambolho grande.

aqui é só escombro
casa de escombro
escombro que era escola
entulhado que era hospital
e aquele monte de madeira com ferro
e um mondicoisa que era a minha casa.

os jornais falam da gente pra cacete
é vizinho estampado na capa
é foto da tua mãe correndo sem chão no vuco-vuco
foto da tua casa espatifada
é foto até do inferno.

é galera correndo
é galera correndo sem saber onde ir
cras lotado
igreja intocada de gente

escola abarrotada de gente
é uma porrada de gente sem cep

a gente olha o céu e pede misericórdia
com medo
porque de onde vem a ajuda
também vem a destruição e sempre o arrego depois.
é estrondo
é correria
escombro
poeira
é maluco enfiado debaixo de prédio explodido

mano do céu
sai das câmeras aí
pede lá pros cara largar mão do botão de mira
que aqui tem que parar de ser terreiro pra guerra naval sem navio.

Cadeira

A cadeira está no centro da cozinha e, junto a ela, uma mesa.
A cadeira desafia o equilíbrio e põe sobre si o peso de gente.
Todos já tiveram um relacionamento com a cadeira.
Lembro do meu ter sido um bagaço.
Eu sentava sobre a cadeira e deixava recostado todo o peso
sobre ela, somado à minha coluna torta e meu braço sem o
dom da fina elegância sobre a cabeça da cadeira.
Torto de posição, cansado de espírito.
E a cadeira reclamava trágica, rangendo com um barulho
ao tom da ferramenta que o dentista utiliza.
A cadeira rangia, e a lasca que estava encruada
dentro das vértebras da cadeira denunciava a podridão
da madeira da cadeira.
A madeira é a alma da cadeira e se dá casa a um cupim
desalojado, perde sua saúde por completo.
A cadeira morre aos poucos quando sua madeira
se torna quebradiça.
E eu sentado, recostado sobre a cadeira,
preguiçoso e constante.
Reclinei o corpo e acabei assassinando a cadeira.
Bati com a cabeça na geladeira, e um barulho oco
resvalou do chão ao teto.

A cadeira espatifou-se
e a lasca deu o último grito de misericórdia
do que sobrou da cadeira.
Por fim, a cadeira esquartejada sobre a cozinha,
e mais um final trágico de relacionamento
entre a cadeira e um ser humano espaçoso.

Ontem apanhei da polícia

Foi triste. O policial chegou correndo como um monstro.
Seu carro parecia um cavalo desembestado na rua apertada.

Ele saiu falando palavrões e dizendo coisas estranhas.
O policial chegou nos chamando de pretos, sujos,
disse que éramos filhos de uma boa mãe.
Sem perguntar nosso nome, nossa origem ou pelos menos
consultar nossas identidades,
nos jogou como sacos de lixo na viatura.

Os outros policiais riam de forma ignorante, e nós, sem
saber o que fazer, estávamos trancafiados no fim do carro,
algemados como assassinos sanguinários.

Eu, estudante, fiquei chocado pela forma como nos
ignoraram, eles nem se deram ao trabalho
de olhar nos meus olhos.

A caminho da delegacia, o percurso parecia um filme
americano dos mais horrorosos. Minha perna ficando
dormente, e meus braços trancados por algemas.
Pedrinho e Paulinho não disseram uma palavra,
já que estavam muito assustados.

Admito que a ficha só caiu quando tentei arrumar o meu
corpo e não consegui, pois dividia espaço com mais dois

garotos no carro. Sol dando tchau, minha sexta-feira estava cada vez melhor. O moço do revólver nos presenteara com uma voltinha no quarteirão. Quem dera fosse.

Ele fazia curvas com o carro na estrada sem asfalto, eu batia a cabeça no vidro rachado com medo de me ferir, meus amigos inconscientes se chocavam por conta do espaço fechado. O carro dava milhares de voltas, e o policial fazia curvas acentuadas de propósito. Depois das vinte e cinco mil curvas (exagero, porém pareciam não acabar), o sujeito bom samaritano resolveu nos tirar do carro.

Mandou que ficássemos em pé na calçada, enfileirados como escravos à venda. Para não perder o tempo da piada, fez a velha brincadeira dos três pulinhos, humilhados, pulamos para não ter a sorte de levar um tiro no pé.

A brincadeira toda acabou quando ele recebeu uma ligação. Pelo seu rosto, algo havia se frustrado. Graças a Deus aquilo tudo havia terminado, o policial nos soltou e disse:

– Desculpem, foi um engano, podem ir para casa.

Treme seca

Se eu afirmasse que amo você mais que amo o broto de
mandioca deste quintal, estaria mentindo.

Há dias observo essa terra preta que cavei com pá e fé para
que este broto desse algo novo.

Plantio zerado, e a esperança de quem planta acaba vazia, mas
não desisto de tentar ser o herói do asfalto quente.
Asfalto quente, pois o Sol sapeca o chinelo de elástico
e o pé sempre está a prosear com o chão.

Eu te amo como amo este broto de mandioca enterrado
sob o solo, talvez não tanto quanto.
Mas dele nascerá a vida do meu povo. Sim, vida.

Pois aqui, a terra é seca e o alimento chega de visita em nossas
casas. Água morando a países de distância, e criança berrando
em choro pelo leite de sua criadora.
Mas se a criadora não bebe água, a cria não tem leite.

Plantei este broto de mandioca sob o solo,
chorando em prantos para que minhas lágrimas irrigassem
o broto e dessem luz à esperança de alimento
do povo da terra seca.

Não sou herói. Apenas quero ser lembrado por ter enchido saco vazio da terra laranja e seca de mandioca.

E daí te amarei com prosperidade. Pois, em mim, não morará mais a estrangeira saudade de chuva de nossos sacos vazios.

E, com a força de nossas enxadas

Ficarão de pé os nossos sacos vazios.

São João

Várias fitas ornando com o colorido
das pessoas e suas vestimentas.
E a beleza dos chapéus de palha rodados.
Mas, naquele dia, eu somente queria saber
de uma só situação.
Bebi até um buricutico pra dar um gás que a coisa era séria.
Um tronco de pau no meio da roda de São João.
Lá no alto, bem no topo
Duzentos merreis
Acha que eu ia perder?

Preto fez, sambou na samambaia.

Contei pros neto que sou irmão de caboclo

Acharam mentira, eu ter sangue caboclo.
Um véio preto desse
Causei risadaria nos neto.

Catei na mente de quando eu tinha saído da senzala
investido com outros preto decidido
Pro canfundó, sem medo
Era a bandeira.

Fui tomar água no rio
Pra forrar garganta de sede
E num é que desgarrei fio?

Cadê os preto?
Pra onde foram os preto?

Sal marítimo

Dizer que sou o mar, seria me resumir.
Dizer que sou o mar, não é me traduzir.

Iemanjá, sou barco
sou barquinho de papel nas ondas do mar
em águas salgadas que dão na areia.

Não trago pescas
Em dia de festa não se deve pescar
Trago espelhos, trago flores e perfume de lavanda.

Tenho em mim conchas raras trazidas numa onda só
Que de longe aparecem no suspiro misterioso
do estômago da costa.

Iemanjá sobá
Com espadas a guerrear
Quando filho está em guerra
Roga o ciclone ao mar.

Iemanjá
Sou como caboclo do mar.

Remo sem medo até ultrapassar o limite das balsas
e embarcar nos mistérios de Nanã Buruquê
Monto em meu cavalo marinho.
Carrego na sacola uma mensagem que está presente
em uma garrafa vazia de champanhe
Com notícias do Martín Pescador que está em pesca
A sua amada que o aguarda em terra.

Venha ver, vem de longe
Vem pisando sobre o véu das espumas do mar
Com o refrescante pipocar das ondas que,
ao tocar nas rochas, promovem encontro.

Agora entendo a hipnose do pescador
Que quando vê o mar, não desgruda seu olhar do horizonte.
Certeza que fica até o momento em que o Sol se despede
dos moradores do vilarejo
Quando ele se retira de costas ao mar.

Ela vem caminhando com metade do corpo ensopado
mar adentro, e linda como a rainha do dito-cujo.

Será que desceu rapidamente da canoa do pescador,
ou veio trazida pelo cavalo de beira-mar?

Flores
E a coroa de prata
Ornando a cabeça
No alto, um cristal.

Mas o mais importante está em seu colar, que prende com uma corda a primeira concha elemental do mar.

Caminha no embalo do mar e não tem pressa.
Similar à pétala da rosa branca que no mar boia,
e o presente logo desaparece.

Negra esculpida no coral pirata.
Nas mãos, uma cabeça de barro bela que ela vem esculpindo desde o início do trajeto, como uma mãe e seu recém-nascido.

Agora, entendo o pescador quando ele diz que o mar é sua casa.

Vem ver
Janaína
Inaê

Vem ver chegar

Olhar materno e a vibração única de algo a brotar.

Já saudou Seu Pescador

Venha ver
Janaína
Inaê

É da Bahia
Que também é berço de Nossa Senhora da Guia.

Marinheiro quando vê
Faz sinal que é pra parar a pesca
Que quando ela passa, ninguém no mar pode ser serviçal.
Retira o barco dágua
Que hoje é festa de Yemanjá.

Posfácio

Gabriel Sanpêra escreveu esses poemas em seu celular.

Escrever literatura, sendo Gabriel, parece exercício de paciência, mas é prática de agilidade e de recusar-se a esperar. Recursar-se aos lugares comuns e esperados, mas insistir na estética escolhida.

Matas, mares, caboclos. Oxum, Iemanjá. Mães que acolhem e lavam os corpos injustiçados. Falar de amor a partir de um lugar tantas vezes não encontrado nos livros publicados por editoras, por menores e mais independentes que elas sejam. Amor LGBT e preto, cheio das palavras que afirmam as referências de um poeta.

O que mais me fascinou neste livro é a sutileza das mudanças e das misturas. A musicalidade e a oralidade que se posicionam ombro-a-ombro com a construção poética de Gabriel. As pequenas glórias do dia-a-dia, os pequenos rituais do café, as grandes dores do café. Quem bebe café e se lembra da escravidão?

A trajetória de Gabriel Sanpêra me faz pensar em grandiosidade. Olho para sua literatura, seus temas e práticas, e sei que as velhas coisas não lhe servem. E porque não lhe servem, a literatura precisa mudar. As editoras precisam mudar, os eventos literários precisam mudar, os prêmios, as livrarias. As referências brancas, heterossexuais, sudestinas, que apenas se repetem.

Escritores como Gabriel estão confortáveis em suas próprias estéticas. Estão seguros de suas referências. Problema seu se você não compreendeu, se o seu repertório é limitado. Há quantos séculos fazemos o movimento contrário?

A juventude negra, LGBT e periférica tem uma estética excelente para ensinar. Gabriel Sanpêra demonstrou possuir elementos. Que eles enriqueçam seu repertório também.

— **Jarid Arraes**[1]

[1] Autora dos livros *As Lendas de Dandara, Heroínas Negras Brasileiras em 15 cordéis* e *Um buraco com meu nome.*

■ primeira edição
■ agosto de 2018